KB043349

이 환장할 그리움

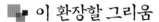

이 환장할 그리움

1판 1쇄 : 인쇄 2019년 01월 25일
1판 1쇄 : 발행 2019년 01월 30일

지은이 : 김부배
펴낸이 : 서동영
펴낸곳 : 서영출판사

출판등록 : 2010년 11월 26일 제 (25100-2010-000011호)
주소 : 서울특별시 마포구 성미산로 187, 아라크네빌딩 5층
전화 : 02-338-7270 팩스 : 02-338-7160
이메일 : sdy5608@hanmail.net

그   림 : 박덕은
디자인 : 이원경

ⓒ2019김부배 seo young printed in seoul korea
ISBN 978-89-97180-80-6 04810
ISBN 978-89-97180-00-4(set)

오늘의 詩選集 **40**

이 환장할 그리움

김부배 시조집

2019·서영

김부배 시인의 첫 시조집 출간을 축하하며

　김부배 시인은 독실한 신앙생활을 하면서도 여행사를 경영하고 있는 사업가이자 줄기차게 시, 시조, 수필 등을 창작하는 열정적인 작가이다. 그녀는 2015년에 제1시집 [첫사랑]을, 2016년에 제2시집 [사랑의 콩깍지], 2017년에는 제3시집 [그리움의 언덕에 서다]를 각각 펴냈다. 다시 2년 만에 제4작품집이자 첫 시조집 [이 환장할 그리움]을 독자들에게 선물하고 있다. 바쁜 일상 속에서도 꾸준히 창작 활동을 펼쳐 나가는 모습, 그 성실성 앞에 우리는 절로 고개가 숙여진다. 또한, 김부배 시인은 지난 4년 동안 아프리카tv의 "낭만대통령의 문학토크"에도 빠짐없이 들어와 한 달에 평균 20여 편의 시와 수필과 시조를 써서 발표하고 있다.

　신앙으로 무장한 세계관, 문학을 사랑하는 마음, 일상에 늘 긍정적인 태도, 늘 도전하는 인생관, 전진하는 자세, 겸허함과 성실성과 인내심을 밑거름으로 한결같이 앞으로 나아가는 모습은 보는 이들에게서 찬탄을 자아내고 있다.

김부배 시인의 제1시집 [첫사랑]에서는 내면의 세계, 즉 외로움, 쓸쓸함, 적적함 등을 주로 다뤘다. 현모양처로서의 삶도 이어오고 있고, 간혹 자유롭게 해외여행도 다니고 있는 그녀에게 왜 이런 감성들이 찾아든 것일까. 내면의 외로움, 쓸쓸함, 적적함 등이 원동력이 되어 시 창작의 열정을 갖게 된 것은 아닐까 할 정도로 제1시집의 세계는 내면의 감성 토로가 시집의 대부분을 차지했다. 그러한 감성으로 바라본 산과 하늘과 역사와 추억의 세계를 다루면서, 시심의 보드라움과 고요, 낭만과 자유, 진정한 행복, 삶의 가치, 진정 아름다운 삶 등등의 세계를 시적 형상화해 놓고 있다.

　　김부배 시인의 제2시집 [사랑의 콩깍지]에서는 자유시와 단형시조와 연시조를 오가며 펼치는 다채로운 시적 형상화, 그 오솔길을 걸으며 시적 화자의 내면과 대화를 나누고 있다. 그 시 세계가 참 아름답고 싱그럽다. 시적 화자는 이런 감성을 독자들에게 여러 각도로 제공해 주고 있다. 섬세한 감성의 길로 안내하는 이미지, 구상과 추상의 조화로움 속에 자리하는 긍정의 힘, 외로움을 극복하게 해주는 다채로운 감성의 배치, 아름다움을 향해 나아가게 하는 시심의 꽃, 줄기차게 펼쳐 나가는 시 창작의 열정, 독자들을 감동시킨 오솔길, 그 오솔길을 걷게 해주고 있다.

　　이렇듯 제2시집에서 더 한층 성숙한 시 세계를 보여주

고 있어, 독자들의 눈길을 사로잡기에 충분하다.

김부배 시인의 제3시집 [그리움의 언덕에 서다]에서는 우선 구상과 추상의 입체화, 지각적 이미지의 입체화를 통해, 새로운 해석학에 도전하고 있고, 되도록 새로운 각도로 내면의 복잡 미묘한 감성을 바라보려고 애쓰고 있음도 알 수 있었다. 어려운 시어들을 동원하지 않고도, 일상의 흔한 언어들을 활용하고도 얼마든지 시적 형상화를 이뤄낼 수 있다는 그 길을 확연히 보여 주고 있었고, 비교적 절제된 함축미를 통해, 길게 서술되어 풀어져 있는 시들이 흔한 이 시대의 시단에 대해 따끔한 한마디를 던져 주고 있다. 시는 시다워야 한다고.

산문 정신에 기초한 장르가 아니라, 운문 정신과 치열한 시정신과 이미지와 낯설게 하기에 기초한 장르가 시임을 다시 한 번 확인해 주고 있다 여겨진다.

김부배 시인의 꾸준한 창작 열정과 중단 없는 노력이 점차 결실을 맺기 시작하여, 충주문학관 문학상 장원, 안양 창작시 문학상, 지구사랑 문학상, 서울 지하철 문학상, 신사임당 문학상, 샘터 시조 문학상, 국립공원 슬로건 공모전, 부산문화글판 공모전, 하인리히 하이네 문학상, 큰여수신문 문학상, 향촌 문학상, 한민족문예제전 문학상, 이준 열사 문학상, 여강 시가 문학상, 시인이 되다 문학상, 월계관 문학상 등을 수상하는 기쁨을 안게 되었

6
■ 이 환장할 그리움

다. 이렇듯 연이은 문학상 수상 소식들은 김부배 시인의 시 창작 방향이 올바로 설정되어 있음을 객관적으로 입증해 주고 있다 하겠다.

　김부배 네 번째 작품집 [이 환장할 그리움]은 놀랍게도 시조집이다. 시인으로서 자신의 시조집 한 권 갖는다는 건 꿈이라 아니할 수 없다. 과연 여기서는 또 어떤 시 세계를 펼치고 있을까.

　한평생 울음 터진 밤길을 꿰매면서
　헤지고 뒤엉키어 버겁게 감긴 물살
　여러 겹 덧댄 박음질 주름 잡힌 그리움.

- [바느질] 전문

　샘터 시조 문학상 수장작인 이 시조에서의 시적 화자는 한평생 순탄한 인생길을 걸어온 것 같지 않다.
　울음 터진 밤길을 꿰매 온 인생, 숱한 시련과 역경이 수시로 닥쳐와 괴롭혔을 인생, 마치 가시밭길 같은 삶을 살아온 듯하다. 때론 헤지고, 때론 뒤엉키고, 때론 버거워 삶을 포기하고도 싶었을 것이다. 그런 아픔과 고통이 버겁게 감긴 물살이 수시로 목덜미를 움켜잡고 발걸음을 힘들게 했을 것이다. 그런데도 먼먼 훗날 되돌아보니, 여러 겹 덧댄 박음질에 주름 잡힌 그리움만 남아 있

음을 알게 된다. 그러니, 인생을 쉽게 포기해서는 안 되
다. 무조건 견디어 내야 한다. 그러다 보면, 추억들은 어
느 날 아름다운 시처럼 보일 수 있을 테니까. 인생을 내
려다보며, 우아함과 아름다움을 가슴에 안기게 하는 이
시조는 정형 율격을 지니면서, 독자의 품속으로 따스이
다가가고 있어 좋다.

　에이는 숨소리가 가슴속 무게만큼
　똬리 튼 아릿함을 진종일 꺾어 간다
　으스스 허옇게 내린 서릿발도 슬픈 날.

- [이별] 전문

　이 시조에서의 시적 화자는 이별로 인하여 가슴이 아프
다. 에이는 숨소리가 가슴속을 무겁게 짓누른다. 그 무게
만큼 똬리 튼 아릿함이 일상을 마비시킬 정도이다. 그래
서 그 아릿함을 그냥 내버려둘 수는 없다. 하나 하나 꺾
어 간다. 진종일 거기서 벗어나려 몸부림친다. 창밖에는
허옇게 서리가 내려 있다. 그 서릿발이 더욱 마음과 가슴
을 시리고 아리게 한다. 그래서 더욱 슬픈 날이다. 이별
의 세계를 이미지로 선명히 그려내고 있다. 내용은 슬프
지만, 이미지는 아름답다. 그래서 아름다운 이별, 아름다
운 슬픔이 자리하고 있다. 시심의 가치는 이토록 세상의
추하고 시리고 아린 것들을 미의 가치 속으로 끌어당겨

우아하고 아름다운 세계로 이끌어 내보이는 건 아닐까. 이게 시조의 존재 가치는 아닐까. 김부배 시인은 이를 시적 형상화로 답을 내놓고 있다.

> 움츠림 활짝 펴서 갓 틔운 첫 풍경들
> 가녀린 운율들로 가득찬 봄빛 타령
> 환장할 그리움 섞어 깊은 향기 나눈다.
>
> — [봄길에서] 전문

이 시조에서의 시적 화자는 봄을 맞이하고 있다. 겨우내 움츠렸던 모습을 활짝 펴서 갓 틔운 어여쁜 풍경들, 비록 가녀린 운율로 가득차 있지만 생동감 넘치는 정경, 그 안의 봄빛 타령이 흥겹고 즐겁고 행복하게 한다. 그런데 가슴 한켠에서 솟구치는 그리움이 문제다. 그것도 환장할 그리움이다. 아무리 잠재우려 해도 꿈틀거리고야 마는, 아무리 짓누르려 해도 솟구치고야 마는, 아무리 숨죽이려 해도 향기를 내뿜고야 마는, 환장할 그리움, 어쩌란 말인가. 이게 바로 삶의 생기이자 삶의 가치이자 존재 이유일지도 모르잖는가. 할 수 없이 봄빛 타령은 이 환장할 그리움을 받아들여 섞을 수밖에 없다. 그래서 태어난 깊은 향기, 사랑에게도, 봄빛에게도, 봄풍경에게도, 그리고 내 님에게도 나눠 준다. 멋스런 시심의 세계가 펼쳐지고 있는 단형시조, 그 맛과 멋이 한결 독자의 마음을 행

9

복하게 해준다.

　우륵의 현을 타고 찬란히 뻗어 나간
　구성진 중원 문화 하늘 땅 푸른 꿈결
　그 옛날 향기롭던 곳 그리움에 물든다.

- [충주호] 전문

이 시조에서의 시적 화자는 충주호를 관조의 시선으로 바라보고 있다. 마치 우륵의 현을 타고 찬란히 뻗어 나간 풍경, 구성진 중원 문화가 자리한 곳, 하늘과 땅과 푸른 꿈결이 어우러져 있는 곳, 그 옛날 추억과 역사와 전설이 향기롭던 곳, 이 신비로운 정경을 바라보는 시적 화자와 독자는 어느덧 그리움에 물들고 만다.

시조는 이토록 공감의 영역을 넓혀 가는 장르이다. 감성의 세계, 민족의 얼, 이웃의 아픔, 역사의 향기 등을 이미지 안으로 끌어당겨 함께 맛보고 함께 즐기고 함께 향유하는 문학, 그것도 리듬과 손잡고 한바탕 흥겨운 춤마당을 펼친다. 그러면서 분열되었던 감성, 깨져 버린 민족성, 흩어진 애국심도 한데 모을 수 있게 되는 건 아닐까. 김부배 시인은 여러 곳을 여행 다니며 느낌 감성의 세계를 시조라는 율격 위에 초가집 짓듯 시적 형상화를 잘 이뤄 놓고 있어, 멋스럽다.

비켜선 그리움을 쓸쓸히 삼켜대며
사랑꽃 피워놓고 당신을 기다리니
통째로 불어난 추억 달빛 젖어 시리다.

- [이별 후에]

이 시조에서의 시적 화자는 비켜선 그리움을 어찌할 수 없어 대면하면서 갈등하고 있다. 하지만, 그 갈등은 예외 없이 가슴속을 질타하고 괴롭힌다. 결국 그 그리움을 쓸쓸히 삼킬 수밖에 없게 된다. 그 순간 피어난 사랑꽃, 그 꽃은 함박꽃처럼 마음속에 가득차 있다. 그리고 기다린다. 하염없이 기다리고 또 기다린다. 그러자 통째로 불어난 추억이 마당을 서성이고, 그 추억은 달빛에 젖어 시리다. 섬세한 감성의 파노라마가 눈앞에 펼쳐져 있다. 이미지가 빚어낸 감성의 아름다움이 독자에게 소르르 다가가는 소리가 들리는 듯하다. 추상(그리움, 쓸쓸히, 사랑꽃, 추억)과 구상(비켜선, 삼켜대며, 피워놓고, 기다리니, 통째로 불어난, 젖어, 시리다)의 조화로움도 돋보인다. 단순 서술에만 그치는 시조에 비해 한층 격조가 높아 독자의 눈길이 따사롭다.

아홉 번 꺾인 관절 추위에 질긴 목숨
연보라 꽃잎으로 휘감은 추억 자락
펼쳐 논 고요의 숲에 황혼빛이 내리네

가슴속 태울수록 속 깊은 산모롱이

눈멀 듯 굽이 굽이 바람에 묻어온 비

은은한 보랏빛 향기 마음 가득 흔드네

스치는 눈웃음엔 물소리 흘러가고

헹구는 묵은 시름 푸르게 마주하면

그대는 영원한 사랑 그 향기만 떠도네.

- [구절초] 전문

'큰여수신문 문학상 수상작'인 이 시조에서의 시적 화자는 구절초를 가까이 관찰하고 있다. 구절초라서 아홉 번 꺾인 관절, 추위에 질긴 목숨, 연보라 꽃잎으로 휘감은 추억 자락을 지니고 있다. 그 꽃이 오늘은 황혼빛이 내리고 고요가 펼쳐진 숲에 피어 있다. 그것도 속 깊은 산모롱이에 피어 있다. 눈멀 듯 굽이 굽이 비바람 속에서도 은은한 보랏빛 향기로 마음 흔들며 서 있다. 스치는 눈웃음엔 물소리 흘러가고, 묵은 시름은 헹구어 푸르게 마주하며, 그대의 영원한 사랑처럼 향기 안고 서 있다.

구철초가 서 있는 정경, 그 정경 안에 서 있는 구철초가 마치 연인처럼 정겹고도 애틋하다. 아름답고 우아하고 정겨운데, 한편으로는 쓸쓸하고 눈물겹고 애절하다. 왜 그럴까. 왜 한 시조 속에 이런 이중 감성이 존재하는 걸까. 이미지의 그릇 속에 담기는 감성이 왜 이처럼 다채

■■ 이 환장할 그리움

로울까. 이 길이 시조가 가는 길은 아닐까. 점점 쇠약해져 가고 삭막해져 가는 현대인들에게 필요한 감성의 진액을 공급해 주는 역할을 시조가 맡아야 하지 않을까. 이 시조는 그걸 강조하고 있는 듯하다.

앞산에 쓰르라미 울음이 넘어오면
복더위 헐떡이는 멍멍이 긴 혓바닥
흐르는 우물가 찬물 할짝할짝 핥는다

어머니 젖가슴에 흐르는 빗물처럼
끈적한 땀방울의 짭조름 그 손맛이
막 쪄낸 호박잎에 싼 강된장 맛 그립다

서해안 바닷내음 한밤중 적셔 오던
그날이 어제 같은 한줌의 추억들만
무더운 한여름 밤에 별빛 가득 스민다.

- [향수] 전문

'여강 시가 문학상 수상작'인 이 시조에서의 시적 화자는 고향으로 눈길을 향한다. 앞산엔 쓰르라미가 울고 있고, 멍멍이는 복더위에 긴 혓바닥 내놓고 헐떡이다 흐르는 우물가의 찬물을 할짝할짝 핥고 있다. 그 정경 뒤로 어머니가 떠오른다. 막 쪄낸 호박잎에 싼 강된장 맛이 미각적 이미지로 자리한다. 그 손맛을 어머니 젖가슴에 흐르는 빗물처럼 끈적한 땀방울의 짭조름한 맛으로 표현하고 있다. 청각 이미지(쓰르라미 울고, 할짝할짝)와 미각 이미지(핥는다, 짭조름 그 손맛, 강된장 맛)와 기관감각 이미지(헐떡이는)와 촉각 이미지(젖가슴에 흐르는, 끈적한, 적셔 오던, 스민다)와 시각 이미지(흐르는 빗물, 땀방울, 막 쪄낸 호박잎, 한여름 밤, 별빛 가득)의 절묘한 입체감이 시의 맛을 보다 깊게 해주고 있다.

무더운 한여름 밤 흔들린 끝자락에
쓸쓸한 소슬바람 담장에 풀어놓고
가을이 오는 길목에서 향수 속에 젖는다

다가온 달그림자 우아한 손짓으로
속울음 파고들어 발자국 찍어 갈 때
사랑은 거짓말처럼 꿈 하나씩 낳는다

추억의 담벼락에 선홍빛 눌어붙어
슬픔의 그 외로움 얼마나 절절하면
아쉬운 한 생애 끝에 내 사랑을 지울까.
- [능소화] 전문

이 시조에서의 시적 화자는 한여름 밤 끝자락에 향수에

■ 이 환장할 그리움

젖어들고 있다. 소슬바람은 담장에 불고 있고, 가을이 오는 길목은 쓸쓸하기만 하다. 달그림자는 우아한 손짓을 하지만 가슴속은 속울음 울고 있다. 사랑은 발자국 찍어 갈 때 거짓말처럼 꿈 하나씩 낳는다. 그런들 무엇 하겠는가. 추억의 담벼락엔 저리 선홍빛이 눌어붙어 있는 것을. 슬픔의 그 외로움이 얼마나 절절했으면, 아쉬운 한 생애의 끝에서 이토록 사랑을 지우려고 하겠는가.

　능소화를 통해, 시적 화자의 내면을 토로하고 있다. 사랑은 끝내 이뤄지지 못하고 추억으로만 남게 되고 말았다. 그 아픔과 그 외로움과 그 애틋함이 이미지로 잘 그려져 있다. 이 시조 역시 우아한 미적 가치를 유지하고 있다. 그 그릇 속에 인간의 다채로운 감성을 담아 요리하고 있다. 이 잘 요리된 감성은 거칠어진 독자의 식탁에 올려져 한 입 한 입 떠먹여질 것이다.

하얗게 타는 입술 보일 듯 말 듯하여
돌아서며 묻어 버린 추억의 뽀얀 속살
정갈한 가슴속 열어 곱게 빚은 그리움

보고픔 깊게 내려 짜릿한 가지 끝에
애타게 기다리며 서서히 달아올라
눈물로 우려낸 영혼 태워 보는 몸부림

서리가 밀려들어 고단한 삶의 행로
햇살로 녹여내어 살포시 마음 채워
뜨겁게 울음을 찍다 피워 무는 설레임.

- [백목련] 전문

이 시조에서의 시적 화자는 백목련 속으로 들어가 하나되고 있다. 하얗게 타는 입술, 추억의 뽀얀 속살, 정갈한 가슴, 거길 열어 곱게 빚은 그리움, 이게 바로 백목련이다. A=B 메타포를 활용하여 백목련을 그리움으로 곧바로 환원시켜 놓고 있다. 이 그리움은 보고픔을 깊게 내려 짜릿한 가지 끝에서 애타게 누군가를 기다린다. 서서히 달아올라 눈물로 우려낸 영혼, 이 영혼을 태우고야 마는 몸부림, 이게 백목련이다. 사랑이 열매 맺어 가는 그 과정이 순탄치가 않다. 서리가 밀려들어 삶의 행로가 고단하고 벅차다. 하지만, 그걸 햇살로 녹여내고 살포시 마음을 채워 나간다. 그런데도 뜨겁게 새어나오는 울음을 어쩔 수 없다. 그 울음을 찍다 피워 문 설레임, 그게 바로 백목련이다.

은유의 아름다움이 고스란히 시가 되어 독자를 행복하게 한다. 시가 가질 수 있는 묘미, 맛, 멋스러움, 이미지의 활용과 가치 등을 한꺼번에 학습할 수 있도록 해놓고 있다.

■ 이 환장할 그리움

보고픔 휘감고서 벼랑길 타고 올라

봉긋이 꽃피어나 그리움 품어 안고

첫사랑 수줍음처럼 몰라 몰라 어쩌나

기다림 머금다가 속울음 터뜨리며

앞세워 전하려는 그 고백 아셨을까

수십 년 살아가면서 기다렸던 사랑아.

- [영춘화] 전문

이 시조에서의 시적 화자는 영춘화를 바라보며 자신의
내면을 토로하고 있다. 보고픔 휘감고 벼랑길 타고 올라
가 봉긋이 꽃 피우는 영춘화, 어쩜 그리움 품어 안고 사는
듯하다. 시적 화자의 첫사랑, 그 수줍음처럼 피어 있는 모
습, 부끄러워 어쩌나, 몰라 몰라. 마치 시적 화자의 첫사
랑과 수줍음을 들켜 버린 듯하여 얼굴이 화끈거린다. 하
지만 기다림만 지루하게 앞을 가로막고 있다.

기다리다 못해 속울음 터뜨리고야 마는 영춘화, 앞세
워 전하려는 그 고백 알고나 있을까. 아직도 사랑하고 있
음을 모르는 건 아닐까. 답답하기만 하다. 수십 년 그렇
게 기다리면서 살아온 사랑아, 이제 좀 어떻게 해 보렴.
영춘화야, 너만큼은 나처럼 되지 말아라 제발. 사랑은 소
통하는 거야. 사랑하고 있음을 전하고, 사랑의 응답을 받
고, 서로 어우러져 아름다이 살아가는 게 사랑이야. 영

춘화야, 우린 외로이 살다 무심히 지는 낙화는 되지 말자, 부디. 하소연의 외침 소리가 벼랑길 가득 퍼지고 있는 듯하다.

　지금까지 살펴봤듯이, 김부배 시인의 시조들은 우선 정형 율격을 고집스럽게 지켜내고 있다. 그러면서 낯설게 하기를 통해 사물의 새로운 해석을 시도하고 있다. 그 해석의 초석은 이미지 구현으로 대신하고 있다. 특히 여러 감각 이미지, 특히 촉각 이미지, 청각 이미지, 후각 이미지, 시각 이미지, 미각 이미지, 기관감각 이미지 등을 활용하여 선명한 감성의 그림을 그려내고 있다. 또한 구상과 추상의 입체화를 통해 복잡미묘한 감성의 세계를 마치 거울 앞에 선 듯 포착해 내고 있다. 소재도 다채롭게 펼쳐놓아, 단조롭지 않고 풍요롭다. 거칠어진 감성에 익숙한 현대인들에게 꼭 필요한 보드랍고 섬세한 감성의 파노라마를 선물해 줌으로써, 앞으로 인간이 나아가야 할 인간성 회복을 호소하고 있는 듯하다.

　김부배 시인의 창작 활동은 앞으로도 활기차게 뻗어나갈 것으로 보인다. 보다 치열한 시정신으로, 이웃의 아픔을 공감하는 상상력 확장, 우울하게 살아가는 현대인이 나아갈 깃발 제시, 부단히 발굴되는 새로운 해석학, 보다 자연스럽고 감칠맛 나는 리듬 배치, 인생의 의미

■ 이 환장할 그리움

를 건져 올려 감동의 전율로 이끄는 창작 등이 보완되기
를 바란다.

　김부배 시인이 앞으로 발간하게 될 시집, 시조집, 수필
집, 가사문학집 등이 벌써부터 기대가 된다. 부디 열정적
인 그 창작 열기가 앞으로도 수십 년간 지속적으로 이어
져 가기를 간절히 기도한다.

　　　　　　　　- 설렘의 빛살이 가득한 황혼녘에

　　　　한실문예창작 지도 교수 박덕은
　　　　(문학박사, 전 전남대 교수, 문학평론가, 시인, 소설가, 화가, 사진작가)

작가의 말

설렘 가득한 날, 이렇게 예쁜 나의 시조집을 펴내게 된 날, 마냥 고맙고 감사하고 행복하다. 시간이 지나고 세월이 가다 보니, 상상도 하지 못했던 나의 꿈이 이뤄지는 것 같아 신기하다.

글을 쓰기 시작한 지가 엊그제 같은데 어느새 따뜻한 내면이 도란도란 담겨진 시조집이 나왔다. 소박함 그대로 담기 위해 노력한 시조집이 출간되니 꿈만 같다. 글쓰기를 취미로 시작한 지 4년 만에 거둔 이 결실, 자랑스럽고 뿌듯하다.

시, 시조, 수필을 넘나들며 쉼 없이 습작하며 살아가는 삶, 거기에 아름다운 시심이 함께해 주니 행복하다. 이 행복은 꾸준한 창작, 행운 같은 만남을 통해 얻어진 것이다.

한실문예창작 지도 교수이신 문학박사 박덕은 시인님, 아프리카 tv '낭만대통령의 문학토크'와의 만남이 이렇게 내 인생 방향을 바꿔 놓을 줄이야. 다시 한 번 배움의 기회에 정말 감사드린다.

하늘이 맺어준 스승과 제자로서의 만남. 스승님은 늘 열정적으로 우리 제자들을 코치하여 주셨다. 참으로 향긋한 그 마음에 존경의 꽃다발을 바친다.

또한, 한결같이 격려를 보내준 가족에게도 감사의 마음을 전한다. 그리고 한실문예창작 포시런 문학회 문우님들, 꽃스런 문학회 문우님들에게도 감사드린다.

여기까지 함께하여 준 모든 인연들에게도 꽃향기 한아름 바친다.

— 시인 김부배

김부배

박덕은

햇살이 모이는 곳에
과거와 미래가 자리잡듯

성실과 기도가 모이는 곳에
열매가 향기를 품는다

거기
현재의 노래가 너울거리고

웃음의 방향이
태양으로 향한다

수평선은
지평선에 이르러서야

비로소 숨을 진정시키고
휴식을 취한다

그때 시심이 치솟아
시 동산을 이룬다

바다가 벙긋거리고
강이 소통하고
산야가 초록춤 춘다

어느덧
정갈한 리듬이 옷 입고

맵시 있는 시조의 밥상
대청마루에 차려놓는다

그날따라 행복이
달빛 타고 내려와

눈물겨운 사랑을
밤새워 여백에 수놓는다.

차 례

1장 — **단시조의 날갯짓**

2장 — 연시조의 향기

이 환장할 그리움

제1장 단시조의 날갯짓

박덕은 作 [일출](2018)

바느질

한평생 울음 터진 밤길을 꿰매면서
헤지고 뒤엉키어 버겁게 감긴 물살
여러 겹 덧댄 박음질 주름 잡힌 그리움.

■■■ 이 환장할 그리움

박덕은 作 [바느질](2018)

이별

에이는 숨소리가 가슴속 무게만큼
똬리 튼 아릿함을 진종일 꺾어 간다
으스스 허옇게 내린 서릿발도 슬픈 날.

이 환장할 그리움

박덕은 作 [이별](2018)

어머니·1

비 갠 밤 처마끝에 보름달 우아한데
건넌방 다듬이질 소리에 꾸벅꾸벅
앞마당 솟대 위 새도 나래 접고 소르르.

박덕은 作 [어머니·1](2018)

어머니·2

아련한 꿈속같이 빛 고운 사색이여
얼굴은 미소 가득 그 옛날 고향에서
한순간 어쩌지 못해 연주하는 그리움.

박덕은 作 [어머니·2](2018)

반딧불이

유년이 꿈틀꿈틀 물소리 벗삼을 때
아홉 번 허물 벗고 파란 불 켜들고서
십오일 사는 화려함 빛의 향연 찬란해.

박덕은 作 [반딧불이](2018)

구절초 독백

산야의 새벽이슬 눈 부벼 단장하고
먼발치 연보랏빛 저것 봐 혼불인 듯
잔잔한 향취에 젖어 걸어가는 사색들.

이 환장할 그리움

박덕은 作 [구절초 독백](2018)

함박꽃

화려한 꽃그늘에 그리움 내려앉아
사랑을 먹겠다고 앞다퉈 분주하다
가슴속 추억의 무게 그만큼씩 촉촉이.

박덕은 作 [함박꽃](2018)

봄길에서

움츠림 활짝 펴서 갓 틔운 첫 풍경들
가녀린 운율들로 가득찬 봄빛 타령
환장할 그리움 섞어 깊은 향기 나눈다.

박덕은 作 [봄길에서](2018)

민들레

유년의 푸른 꿈이 추억의 메아리로
머언 길 달빛 아래 사유의 강둑에서
이별을 나풀거리듯 흰 깃털로 파닥인다.

박덕은 作 [민들레](2018)

보름달

어둠을 붉아내고 갈수록 살이 올라
창백한 얼굴빛은 사색향 휘감고서
허공에 그리움 펼쳐 칭얼대는 내 사랑.

이 환장할 그리움

박덕은 作 [보름달](2018)

향수·1

문지방 넘나들던 그때가 그립고야
향 묻은 추억 자락 그리움 가득 담아
물들인 어머니 숨결 피어나는 눈물꽃.

이 환장할 그리움

박덕은 作 [향수·1](2018)

향수·2

추억을 빗질하던 햇살에 헝클어져
가슴속 풀어헤친 그리움 베어 물다
사색은 노을로 타며 스며들어 휘감네.

박덕은 作 [향수·2](2018)

물도 꽃을 피운다

근심도 하나 없는 물빛이 날을 세워
꿈꾸던 동그라미 윤슬로 새겨 놓고
찬란히 상상의 나래 물꽃 피워 올린다.

박덕은 作 [물도 꽃을 피운다](2018)

입추

늦여름 꽃무리가 그리움 끌어안고
사색은 시나브로 탱탱히 살 오르니
가을녘 묏 머루넝쿨 글썽글썽 여문다.

박덕은 作 [입추](2018)

충주호

우륵의 현을 타고 찬란히 뻗어 나간
구성진 중원 문화 하늘 땅 푸른 꿈결
그 옛날 향기롭던 곳 그리움에 물든다.

이 환장할 그리움

박덕은 作 [충주호](2018)

폐가

앙상한 대들보가 굽은 등 기대선 채
가을볕 끌어안고 댓돌에 걸터앉아
빈 마당 마른 망초꽃 바라보며 웃는다.

박덕은 作 [폐가](2018)

짝사랑

나만의 설렘 한줌 하늘에 풀어놓고
꽃잎은 못 흔들고 잎새로 피었다가
서러워 팽개친 날들 무리 지어 출렁인다.

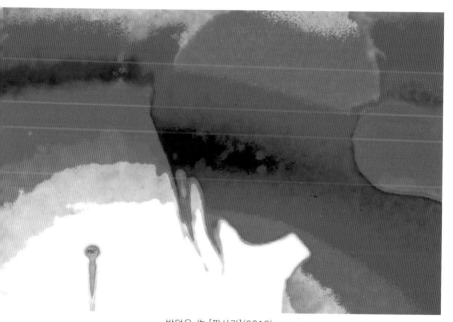

박덕은 作 [짝사랑](2018)

단풍

청춘을 불사르던 아쉬운 계절 너머
노을이 추억 위에 사뿐히 내려앉아
홍조 띤 눈썹 사이로 얼레빛을 펼친다.

박덕은 作 [단풍](2018)

두물머리

세월을 틀어 올린 강물은 굽이 돌아
늙지도 않으면서 이 한길 흐르고야
지금은 청아한 소리 피어난다 물결로.

박덕은 作 [두물머리](2018)

아차산

.

한양을 굽어보며 에워싼 강줄기와
푸른 산 골짝마다 태조 뜻 서려 있고
묏기슭 산당화 홀로 목이 메어 흐느낀다.

■■■ 이 환장할 그리움

박덕은 作 [아차산](2018)

질투

보여요 등 뒤에도 저 모습 다 보여요
어머머 속 터져라 입속이 말라 가요
못 본 척 훔쳐보면서 일그러진 자화상.

박덕은 作 [질투](2018)

기다림·1

밤비는 부슬부슬 가슴속 파고드네
섧게도 나부끼는 그리움 열어놓고
이 밤이 다 가기 전에 여백 채워 오소서.

박덕은 作 [기다림·1](2018)

기다림·2

가을의 붉은 입술 그 향기 서성이면
산자락 이마 위로 곱게도 피는 추억
거기에 그림자처럼 파고드는 그리움.

■■ 이 환장할 그리움

박덕은 作 [기다림·2](2018)

이별 후에

비켜선 그리움을 쓸쓸히 삼켜대며
사랑꽃 피워 놓고 당신을 기다리니
통째로 불어난 추억 달빛 젖어 시리다.

■■■ 이 환장할 그리움

박덕은 作 [이별 후에](2018)

여행

설레임 가슴 가득 다 모아 두근두근
눈빛도 낯선 길도 추억을 만들어 가
혼자가 바람이라면 함께하면 신바람.

박덕은 作 [여행](2018)

대화의 향기

은은히 녹아드는 인연들 껴안으면
참신한 느낌들이 흐뭇이 재잘재잘
보름달 너울너울져 즐거운 정 샘솟네.

박덕은 作 [대화의 향기](2018)

사색

생각을 들들 볶는 뼛속이 흥건하다
가슴의 잡념덩이 조각나 사라지고
비움에 생명줄 긋는 치유라는 이상향.

박덕은 作 [사색](2018)

독도

그리움 사무치면 손에 손 꼬옥 잡고
상흔들 씻어내며 그 안에 깃든 영혼
왜풍이 불어올 때는 맨몸으로 막는 섬.

박덕은 作 [독도](2018)

봄

애타는 상사병에 서러워 돌아왔나
해쓱한 그대 모습 갈마든 잔무늬결
마침내 막혔던 가슴 붉은 빛을 토한다.

박덕은 作 [봄](2018)

황태

눈보라 펑펑 쏟는 설움의 타향살이
밤 파도 횟수만큼 들어찬 굳은살들
코 꿰여 얼불은 사랑 하늘마저 눈감네.

박덕은 作 [황태](2018)

시인의 노래

행여나 추억으로 살아간들 어떠하리
시 빚는 행복으로 거니는 이 한길을
절절한 시심 오솔길 가슴 깊이 밟는다.

박덕은 作 [시인의 노래](2018)

봄비

꽃비로 내리는 양 모습이 흔연하다
귓불을 간지르는 가냘픈 일필휘지
절절한 저 가슴앓이 시심으로 흥건하다.

이 환장할 그리움

박덕은 作 [봄비](2018)

제2장 연시조의 향기

박덕은 作 [일출](2018)

구절초

아홉 번 꺾인 관절 추위에 질긴 목숨
연보라 꽃잎으로 휘감은 추억 자락
펼쳐 논 고요의 숲에 황혼빛이 내리네

가슴속 태울수록 속 깊은 산모롱이
눈멀 듯 굽이굽이 바람에 묻어온 비
은은한 보랏빛 향기 마음 가득 흔드네

스치는 눈웃음엔 물소리 흘러가고
헹구는 묵은 시름 푸르게 마주하면
그대는 영원한 사랑 그 향기만 떠도네.

■ 이 환장할 그리움

박덕은 作 [구절초](2018)

향수

앞산에 쓰르라미 울음이 넘어오면
복더위 헐떡이는 멍멍이 긴 혓바닥
흐르는 우물가 찬물 할짝할짝 핥는다

어머니 젖가슴에 흐르는 빗물처럼
끈적한 땀방울의 짭조름 그 손맛이
막 쪄낸 호박잎에 싼 강된장 맛 그립다

서해안 바다 내음 한밤중 적셔 오던
그날이 어제 같은 한줌의 추억들만
무더운 한여름 밤에 별빛 가득 스민다.

이 환장할 그리움

박덕은 作 [향수](2018)

노을을 바라보며

늦가을 지평선이 새붉게 일렁일렁
드높은 하늘 자락 넉넉히 안긴 행복
오늘도 천리 밖 가슴 속살대는 그리움

사색이 노닐 적에 저 깊음 돋아나고
잡아도 달아나는 여백을 채워 줘도
어쩌나 아득한 울림 그 얼굴이 그려져

촉촉이 스며드는 아린 맘 내려앉아
한 가득 다가오는 향긋한 그 사연들
아련한 숨결들만이 두리둥실 떠 있다.

■ 이 환장할 그리움

박덕은 作 [노을을 바라보며](2018)

눈 오는 날의 서정

살포시 안겨 오는 고요를 걸쳐 업고
사색에 잠기는 듯 옛 추억 들추면서
그 외침 뜨거운 눈물 나 혼자만 읽는다

곳곳에 함성 소리 허공에 휘날릴 때
한철을 맞이하여 은은히 오신 당신
아슴히 그리운 얼굴 앞다투어 스민다

여백을 채워 주는 동심을 붙잡아다
시심의 여운으로 서정을 그리다가
은밀히 뒤돌아보면 소곤소곤 쌓인다.

■■■■ 이 환장할 그리움

박덕은 作 [눈 오는 날의 서정](2018)

사색의 가을빛

여백을 채워 주는 따스한 느낌의 정
마침내 하얀 추억 아리게 되새기면
쓸쓸한 외움길 돌아 만져지는 마음결

노을빛 섞어대는 연민의 그 숨결로
은은히 그려지는 사연 속 임의 얼굴
가슴속 향 흩뿌리며 살아가는 외로움

뼛속에 파고들어 한 맺힌 응어리들
이 순간 털어내고 바람꽃 사랑으로
그대로 멈추어 버려 채색하듯 서 있다.

박덕은 作 [사색의 가을빛](2018)

밤비

빗소리 깊은 밤에 고요를 밟고 온다
창가에 기대어 선 추억 속 그리움들
외로움 따라나서자 바람결도 골 깊다

생각의 지평선에 저 멀리 빗줄기를
핥으며 걸어가는 임 숨결 거칠고야
가슴을 파고들 듯이 아파하는 마음결.

박덕은 作 [밤비](2018)

운무

산자락 휘감으며 흐르는 사색처럼
잔잔한 울림으로 하얗게 파고들어
그리움 눈물에 겨워 흔들리며 웃는다

꿈결에 깨어나듯 가슴속 시어처럼
하늘의 절절함이 당신의 고백인 양
속 깊이 추억에 잠겨 은은하게 안긴다.

이 환장할 그리움

박덕은 作 [운무](2018)

능소화

무더운 한여름 밤 흔들린 끝자락에
쓸쓸한 소슬바람 담장에 풀어놓고
가을이 오는 길목에서 향수 속에 젖는다

다가온 달그림자 우아한 손짓으로
속울음 파고들어 발자국 찍어 갈 때
사랑은 거짓말처럼 꿈 하나씩 낳는다

추억의 담벼락에 선홍빛 눌어붙어
슬픔의 그 외로움 얼마나 절절하면
아쉬운 한 생애 끝에 내 사랑을 지울까.

박덕은 作 [능소화](2018)

그리메

겁나게 퍼부었던 소나기 어느 순간
세상의 눈을 뜨고 물길을 따라간 날
먼 길을 잰걸음으로 난만하게 피어나

대지의 무더위를 물그림 앉혀 놓고
젖 물린 대숲에서 젖몸살 앓고서야
강섶은 노을에 젖어 여름밤은 깊어 가

내 고향 머나먼 길 그리움 갈아엎어
아버지 흘린 땀에 어머니 손맛 얹어
외로워 흘리신 향수 추억으로 훔친다.

박덕은 作 [고향](2018)

가슴앓이

어둠이 까치발로 창가를 서성이면
목마른 꽃송이도 그림자 내려놓고
보랏빛 밤비 밟으며 속울음을 흘린다

외로운 그믐달빛 울타리에 턱을 괴면
이 밤도 매지구름 겹겹이 아픔 딛고
가슴의 응어리 풀면 봄날마저 숨어 운다

낮달로 떠오려나 꽃바람 불어오면
비만이 알 수 있는 또 하나 비밀의 문
말갛게 초록빛 사랑 은결 위에 번진다.

박덕은 作 [가슴앓이](2018)

나팔꽃 사랑

찬 이슬 밟아가며 실 한 줄 여미면서
보랏빛 민낯으로 청아한 은결 위에
하루의 소망을 품고 인사하는 굿모닝

높이 더 높이높이 보드란 줄기 뻗어
몸 기대 껴안으며 뚜뚜뚜 나팔 분다
하늘이 닿을 때까지 내 사랑아 움트렴

목젖을 돋우우는 해붉은 등불들아
몸에서 편전처럼 피어난 송이송이
애타는 연민의 마음 까만 눈빛 고와라.

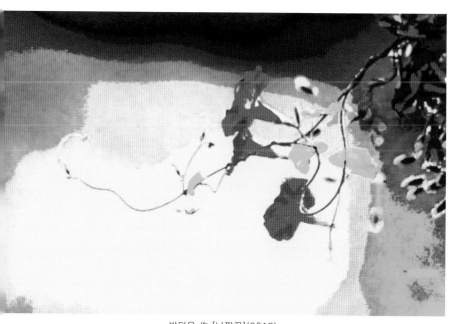

박덕은 作 [나팔꽃](2018)

민들레꽃

어스름 깔린 강둑 노랗게 지핀 등불
달 뜨는 시간이면 활짝 펴 걸어 나와
밤이슬 흥건한 속내 문장으로 쏟는다

그리운 얼굴 닮은 저 달의 눈빛으로
한 생을 사유하며 은하수 깔아 준다
웃음꽃 헤아린 자리 추억 자락 돌보듯

등뒤에 숨어 버려 머나먼 이별 언어
별빛들 즈려밟고 꽃물결 출렁인다
한밤중 향긋한 미소 일편단심 그리며.

박덕은 作 [민들레꽃](2018)

봄맞이

더듬는 추억 위에 달빛이 내려앉아
토실한 버들가지 그 유년 꺾어 오면
옛 모습 남은 가지엔 새순들이 싹튼다

속삭임 따라오듯 산자락 성근 가지
눈물만 따라와서 말없이 주저앉아
살아온 삶의 고리에 애틋함을 끼었네

결 고운 세월들을 훑어낸 저 하늘가
마음의 창을 열어 잊혀진 시어 담아
어질고 살가운 품에 봄꽃으로 피고파.

박덕은 作 [봄맞이](2018)

가을 속으로

은행잎 쌓고 쌓여 노랗게 익어 가면
추억이 손 흔들며 환하게 미소 짓고
해맑고 하얀 보고픔 사랑 향기 담는다

보타진 가슴밭엔 연민의 두레질뿐
불러 줄 이름 하나 애틋한 저녁노을
소롯이 꽃잎 진 자리 마음밭이 시리다

여명에 갇힌 침묵 걸어서 풀어내며
버려 온 그리움은 맴도는 사색들로
뒤미쳐 뒤뚱거리며 채워 간다 오늘도.

박덕은 作 [가을 속으로](2018)

늦가을 산빛

서러움 한 잎 두 잎 아련히 사라지고
침묵에 잠긴 가슴 툭툭툭 털어내고
황혼에 기대어 서서 들꽃처럼 웃는다

한 생이 지나가듯 그리움 품어 안아
차가운 바람결에 발아하는 사랑이여
슬프고 앙상한 뼈만 우수되어 젖는다

황홀한 고운 자태 추억도 접어 놓고
산허리 감는 바람 농익어 색깔 벗고
이제는 풀잎에 누워 속삭여도 좋으리.

박덕은 作 [늦가을 산빛](2018)

백목련

하얗게 타는 입술 보일 듯 말 듯하여
돌아서며 묻어 버린 추억의 뽀얀 속살
정갈한 가슴속 열어 곱게 빚은 그리움

보고픔 깊게 내려 짜릿한 가지 끝에
애타게 기다리며 서서히 달아올라
눈물로 우려낸 영혼 태워 보는 몸부림

서리가 밀려들어 고단한 삶의 행로
햇살로 녹여내여 살포시 마음 채워
뜨겁게 울음을 찍다 피워 무는 설레임.

박덕은 作 [백목련](2018)

추억 저편에서

아련한 그리움아 어이해 잠 못 드나
가슴속 몸살 같은 상흔만 일렁일렁
설렘의 겨울 장미꽃 아픔으로 보듬네

사립문 걸친 향기 정 떼어 쓸쓸한 맘
고요히 바라보니 눈길도 지쳐 버려
회한의 부질없는 정 달콤했던 연민아

무심히 흘러가고 사랑도 별빛 되어
떠오른 향긋함을 심어 준 환한 꽃길
품안에 뛰어놀면서 소근대는 추억아.

박덕은 作 [사립문](2018)

회상

건너온 매지구름 아롱진 추억 구슬
달콤한 설렘 노래 이제야 춤을 춘다
오늘도 혼자서만이 칠색 치마 펼치고

볼수록 아름다워 그 향기 멋스러워
서로를 꼭 껴안고 사랑을 발산하네
움켜쥔 일곱 가지 꿈 하늘 가득 채우고

작달비 쏟아지면 얼비친 눈빛으로
어릴 적 부푼 꿈은 기억의 열병 되어
그리운 소꿉친구 맘 헤아린다 지금도.

박덕은 作 [회상](2018)

사랑이라는 아침

엎드린 사색 공간 잎새에 방울방울
속울음 흐느끼며 서성이는 바람 앞에
빈 가슴 청아한 날빛 이슬방울 또르르

그대가 오시려나 은빛 휘장 두르고서
가슴에 맑은 미소 솟대에 걸어놓은
촉촉이 가녀린 기도 그리움의 빈자리

회한의 숱한 밤을 애틋한 사랑으로
수줍은 가슴 열어 설레임 띄워 놓고
쪽빛은 햇살결 따라 출렁인다 여전히.

박덕은 作 [솟대](2018)

달맞이꽃

물안개 너울너울 오솔길 산책하며
계절의 절정에서 애절한 시를 읽다
이별의 아픔 헤치며 노래하네 추억을

말 못할 사연들이 강섶에 모여앉아
별빛이 무더기로 내려와 그렁그렁
기다림 길눈 밝히는 샛노오란 눈물꽃

강물이 벗어놓고 떠나간 달빛 모여
목메인 울음마저 은밀한 사랑 품어
얼레빗 돋는 하늘에 풀어놓네 그리움.

박덕은 作 [달맞이꽃](2018)

사색 위한 소묘

세월의 문 앞에서 고뇌로 볼 비비고
달빛의 그리움에 고요한 이름 하나
바람결 남겨 논 여백 몸부림을 치네요

수많은 흔적들도 어느 날 화살 되어
티 없이 조잘조잘 살아온 두께만큼
헤집어 사위고 고된 독백처럼 날겠죠

동여맨 외로움들 행간에 퍼득이다
아련한 추억 위에 소롯이 젖어 오고
한 시절 인연의 늪에 부서져서 빛나요.

박덕은 作 [사색 위한 소묘](2018)

중년

이 세상 살다 보면 외로운 가슴밭엔
밀려온 그 아련함 향수에 젖어들어
아무도 비움의 미학 몰라보고 산다네

흰구름 띄워 놓은 서정의 샘물처럼
낮달을 쳐다보며 덧없는 한숨 소리
애틋이 흘러서 가네 너울너울 춤추며.

박덕은 作 [중년](2018)

눈 내리는 날·1

꽃처럼 하얀 미소 날리네 살랑살랑
펼쳐 논 하늘문에 수놓는 고운 설렘
새겨진 내 가슴속에 묻어나네 그리움

낭만의 속삭임과 보고픔 밀려오면
애틋한 기다림도 지친 맘 씻어 가며
은은히 보듬어 안네 눈시울로 지샌 밤.

박덕은 作 [눈 내리는 날·1](2018)

눈 내리는 날·2

은은히 미소 띠며 하얀빛 너울너울
허공의 하늘문에 창문을 매달았나
순수한 눈망울 속에 안겨 오네 소롯이

가슴속 도란도란 보고픔 밀려오면
애틋한 기다림도 지친 밤 씻어 가며
여전히 보듬어 안네 그날처럼 자꾸만.

박덕은 作 [눈 내리는 날·2](2018)

영춘화

보고픔 휘감고서 벼랑길 타고 올라
봉긋이 꽃피어나 그리움 품어 안고
첫사랑 수줍음처럼 몰라 몰라 어쩌나

기다림 머금다가 속울음 터뜨리며
앞세워 전하려는 그 고백 아셨을까
수십 년 살아가면서 기다렸던 사랑아.

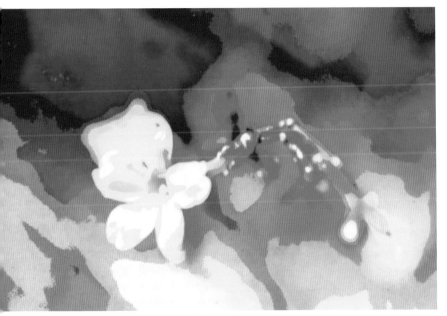

박덕은 作 [영춘화](2018)

세월

휘돌아 굴러간다 계절을 앞세우고
멈추지 못한 건지 날마다 찾아와서
주름살 그려놓고는 훈장이라 우기네

꽃보다 아름다운 은발의 머리카락
지금은 유월 향기 장밋빛 넘실대고
유난히 맑은 하늘은 마음꽃을 수놓네.

박덕은 作 [세월](2018)

정글의 하룻밤

캄캄한 정글에선 별빛만 쏟아지고
물소리 음률 되어 고요를 휘감고서
냉가슴 일렁거리듯 마음까지 흔든다

칠흑의 굴레들이 눈멀 듯 내려앉고
침묵은 비밀스런 적막도 휘젓지만
두렵고 힘든 고비를 이겨내고 웃는 밤.

박덕은 作 [정글의 하룻밤](2018)

연민의 굴레

시냇물 흘러가듯 영원한 여정길에
손잡고 도란도란 사연을 엮어 가며
가슴속 향 고운 행복 감성으로 채우리

달콤한 추억처럼 마음밭 일렁일렁
하늘에 달빛으로 그리움 그려 놓고
살포시 피어나네요 사랑의 꽃 날마다.

박덕은 作 [시냇물](2018)

사랑 단상

아련히 떠오르는 그리움 나래 펴고
어느덧 소리 없이 세월은 흘러가네
지나간 젊은 날들이 얽매인 길목에서

오마지 않은 님을 묻어둔 가슴속도
그립고 고운 님을 애타는 꿈자락도
어여쁜 여유로움도 야위어 가네 날마다

아픔이 향기 되어 낭만과 얼싸안네
은숨결 느껴지는 잔잔한 호수처럼
속 깊은 마음속에서 처음처럼 그렇게.

박덕은 作 [사랑 단상](2018)

겨울밤

속기쁨 주는 이여 안에서 도란도란
기꺼이 와 준 이여 영원히 머물러 줘
온전히 온누리 가득 채워지는 느낌들

하얀 눈 사박사박 소슬한 달밤이면
어여쁜 별꽃들도 밤사이 내려앉네
소롯이 설레임인 양 젖어드네 여백에

못다 한 감사의 정 전하는 향기로움
어느덧 하나되어 영원한 보석처럼
치솟는 불변의 열정 품안에서 노니네.

박덕은 作 [겨울밤](2018)

그리움

햇살은 무정해도 절절한 세월 앞에
추억의 창가에서 외로움 녹아지네
참아온 순백의 고백 도란도란 꽃피며

꽃향기 가득 담아 영혼에 넣어 두고
기다림 느낌 안에 소롯이 새겨 두고
더 밝은 곳을 향하여 걸어가네 날마다

보고픔 오고가다 사랑꽃 피어나면
마음도 곱디곱게 사색도 아름답게
아련한 설레임으로 아롱아롱 노니네.

박덕은 作 [추억의 창가](2018)

한실 문예창작 문우들의 작품집

오늘의 詩選集 Series

오늘의 詩選集 제1권

화장을 지우며
강만순 지음 / 144면

오늘의 詩選集 제2권

또 한 번 스무 살이 되고 싶은 밤
김숙희 지음 / 160면

오늘의 詩選集 제3권

사랑의 빈자리 될까 봐
박완규 지음 / 144면

오늘의 詩選集 제4권

유모차 탄 강아지
김미경 지음 / 112면

오늘의 詩選集 제5권

이 환장할 봄날에
신점식 지음 / 176면

오늘의 詩選集 제6권

작아지고 싶다
주경희 지음 / 176면

오늘의 詩選集 제7권

가을은 어디나 빈자리가 없다
전금희 지음 / 176면

오늘의 詩選集 제8권

쓸쓸함에 대하여
이후남 지음 / 176면

오늘의 詩選集 제9권

바람이 열어 놓은 꽃잎
문재규 지음 / 220면

오늘의 詩選集 제10권

단 한 번 사랑으로도
이호근 지음 / 176면

오늘의 詩選集 제11권

할 말은 가득해도
최승벽 지음 / 176면

오늘의 詩選集 제12권

비밀 일기
박봉은 지음 / 176면

오늘의 詩選集 제13권

꽃만 봐도 서러운 그날
한실 문예창작 동인지 제8집

오늘의 詩選集 제14권

마냥 좋기만 한 그대
최기숙 지음 / 176면

오늘의 詩選集 제15권

풀꽃향 당신
김영순 지음 / 176면

오늘의 詩選集 제16권

유리인형
박봉은 지음 / 176면

오늘의 詩選集 제17권

보고픔이 자라고 자라서
한실 문예창작 동인지 제9집

오늘의 詩選集 제18권

첫사랑
김부배 지음 / 176면

오늘의 詩選集 제19권

나는 매일 밤 바람과 함께 사라진다
박덕은 지음 / 240면

오늘의 詩選集 제20권

오늘도 걷는다
유양업 지음 / 176면

오늘의 詩選集 제21권

내 사람 될 때까지
전춘순 지음 / 176면

오늘의 詩選集 제22권

처음 사랑
한실 문예창작 동인지 제10집

오늘의 詩選集 제23권

당신에게·둘
박봉은 지음 / 176면

오늘의 詩選集 제24권

그 누가 다녀간 것일까
전금희 지음 / 206면

오늘의 詩選集 제25권

한 잔 술에 가둘 수 없어
이후남 지음 / 164면

오늘의 詩選集 제26권

그리움 머문 자리
이인환 지음 / 176면

오늘의 詩選集 제27권

사랑의 콩깍지
김부배 지음 / 176면

오늘의 詩選集 제28권

사랑은 시가 되어
최길숙 지음 / 176면

오늘의 詩選集 제29권

그리움이라서
이수진 지음 / 176면

오늘의 詩選集 제30권

그리움 헤아리다
배종숙 지음 / 176면

오늘의 詩選集 제31권

아직 끝나지 않은 이야기

장헌권 지음 / 176면

오늘의 詩選集 제32권

마냥 좋아서

한실 문예창작 동인지 제11집

오늘의 詩選集 제33권

그리움의 언덕에 서다

김부배 지음 / 176면

오늘의 詩選集 제34권

사찰이 시를 읊다

이수진 지음 / 176면

오늘의 詩選集 제35권

그대는 나의 누구인가

한실 문예창작 동인지 제12집

오늘의 詩選集 제36권

사랑은 감기몸살처럼

박봉은 지음 / 176면

오늘의 詩選集 제37권

그때는 몰랐어요

정주이 지음 / 176면

오늘의 詩選集 제38권

몰래 한 사랑

조정일 지음 / 192면

오늘의 詩選集 제39권

여백의 미학

한실 문예창작 동인지 제13집

오늘의 詩選集 제40권

이 환장할 그리움

김부배 지음 / 164면

한실 문예창작 동인지

한실 문예창작 동인지 제1집
『한꿈』

한실 문예창작 동인지 제2집
『한꿈』

한실 문예창작 동인지 제3집
『당신의 쓸쓸함은 안녕하십니까』

한실 문예창작 동인지 제4집
『목련은 흔들리고 있다』

한실 문예창작 동인지 제5집
『그래도 한쪽 가슴은 행복합니다』

한실 문예창작 동인지 제6집
『좋은 걸 어떡해』

한실 문예창작 동인지 제7집
『아직도 사랑인가 봐』

한실 문예창작 동인지 제8집
『꽃만 봐도 서러운 그날』

한실 문예창작 동인지 제9집
『보고픔이 자라고 자라서』

한실 문예창작 동인지 제10집
『처음 사랑』

한실 문예창작 동인지 제11집
『마냥 좋아서』

한실 문예창작 동인지 제12집
『그대는 나의 누구인가』

한실 문예창작 동인지 제13집
『여백의 미학』

오늘의 수필집 Series

오늘의 수필집 제1권

그곳 봄은 맛있었다

최세환 지음 / 288면

오늘의 수필집 제2권

바람 따라 구름 따라 별빛 따라

유양업 지음 / 288면

김부배 시인 작품집

김부배 시인 제1시집

첫사랑

김부배 지음 / 176면

김부배 시인 제2시집

사랑의 콩깍지

김부배 지음 / 176면

김부배 시인 제3시집

그리움의 언덕에 서다

김부배 지음 / 176면

김부배 시인 제4시집

이 환장할 그리움

김부배 지음 / 164면